가끔은 별을 바라본다

J.H CLASSIC 071

가끔은 별을 바라본다

김기갑 시집

지혜

시인의 말

    시 한 편, 한 편에 삶의 그로테스
크한 순간들을 담아내려 했다. 이 시
집이 세상에 사랑을 전하고, 보다 아
름다운 지구를 만드는 데에 작은 보
탬이 되기를 희망해본다.

    2021년 봄날에

차 례

1부 그럭저럭

2부 고추

3부 불꽃놀이

4부 은행나무 길

5부 너

• 일러두기 –한 연이 첫 번째 행에서 시작될 때는 > 로 표시합니다.

1부

그럭저럭

자동차

직진하고 싶은 욕망을 누르며
굽은 길을 말없이 안고 간다

장맛비

탁한 모습 안쓰러워 찾아왔구나

곳곳에 묻어 있는 투쟁의 흔적들
깨끗이 지워다오

목이 타는 꽃과 나무
실컷 마시게 하라

힘들고 지친 영혼
마음껏 쉬게 하라

태양이 떠오르면
열렬히 사랑하며 살아가리라

야채 가게에서

천둥 치는 밤이 무섭지 않았니?

목마른 게 제일 힘들었지?

고생 많았다

그리고 고맙구나

난초

얼마 전 아내가 데려온
버림받아 풀이 죽어 있던
난초

며칠 후

여보, 이쪽으로 와보세요

어이쿠!
주워온 녀석이 진주를 토했구나
연둣빛 몇 개

등나무

혼자이고 싶을 땐
곁에서 바라만 봐주고

비바람이 불 때는
든든한 우산이 되어주는

등나무가 어디에나
있었으면 좋겠습니다

세상이 온통
등나무 숲이라면

우리가 살고 있는 별은
얼마나 아름다울까요?

아이들 손에 우산 꼬옥 쥐어 보내고
소나기 피해 들어선
등나무 덩굴 아래에서 소망해 봅니다

>
너희들도 잘 자라나
등나무가 되어야 한다

손톱을 깎으며

적막한 이 밤
손톱을 깎는다
그리움을 깎는다

어둠 속에 손톱이 사라지듯
그리움도 사라지리라
위안을 삼아 본다

하지만 곧
세상이 온통 그리움임에
깜짝 놀란다

그믐달

소망

시가
고뇌를 먹고 자란다 하더라도

시로 인해
세상이 아름다워질 수만 있다면
더욱 고뇌하게 하소서

얼굴

장대비가 쏟아진다

둘만 아는 꽃들이
수없이 피고 졌을
들판이 젖는다

호수가 차오른다

번개가
하늘을 갈라놓으며
그 아이의 얼굴을
잠깐 보여준다

그게 마지막이었다

해질녘 언덕에 올라

쪽빛에서 붉음까지 여러 색을
하나인 듯 품은 노을이
곱기도 하다

산이 팔을 벌려
도시를 한 아름 감싸 안고
강물이 시내를
활처럼 휘어져 흐른다

줄지어 멈춰 선
자동차들에게선 피곤함이 묻어나고
드문드문 켜져 있는
아파트의 불빛들이 쓸쓸하다

아련한 달이
짙은 그리움으로 피어날 시간을
고요히 기다리고 있다

둥글다는 것

손가락 끝이 둥근 건
상처 내지 못하게 하기 위함이다

혀끝은 둥근데도
입속에 가둬놓는 건
죽이지 못하게 하기 위함이다

낙엽

아침마다 눈물이 고입니다
떠나야 할 시간인가 봅니다
화창한 날엔
함께 하늘을 바라보며 웃었고
비바람이 칠 때는
함께 울며 붙잡아 주었습니다
젊어서는 푸르름을 주었고
나중엔 고운 빛깔까지 주었습니다
이제 그를 위해
차가운 바닥에 몸을 던지려 합니다
영원히 그와 하나가 되기 위한
기나긴 여행을 시작하려 합니다

심연에서

하루아침에 나락으로 떨어졌다
앉으면 벽이 한숨을 짓고
누우면 천장이 가슴을 눌렀다
걷고 걷고 또 걸었다
걷는 수밖에 달리 방법이 없었다
정신 나간 몸으로 삼일을 보내자
사일째는 추락한 깊이보다
더 깊은 잠에 빠져들었다
다음 날 눈을 떠보니
틈 사이로 세상이 보였고
마음속엔 푸른 새싹이 돋아났다

내려놓기

배가 풍랑을 만나 침몰하지 않기 위해
싣고 있는 짐을 바다에 내던지듯

살아 더 나은 미래를 만들기 위해
보석 아닌 보석을 눈물로 버려야 할 때가 있지

거리

칼집을 내면 푸른 피가
금방이라도 뚝뚝 떨어질 듯하다
하늘이 이토록 아름다운 건
가까이할 수 없기 때문일까
아니면 가까이할 수 없기 때문에
이토록 아름다운 걸까
어여쁜 제비꽃 하나가
발밑에서 날 보고 웃는다

진심

산길이 시작될 때부터
초파리가 따라붙었다
산책하는 내내
성가셔 팔을 휘ー휘 내저었다
집으로 돌아올 때쯤
녀석이 내 눈 속에 몸을 던졌다
아,
네 마음을 진작 알았더라면
그토록 귀찮아하지도
그토록 박대하지도 않았을텐데

안개

모든 걸 가리는 안개가
평소에는 눈이 부셔
바라볼 수 없는 태양을 보여준다

보름달처럼 생긴
단지 수많은 별들 중의 하나일 뿐인

하루

밝은 햇살 속에서
어두운 그림자를 만들었다

바람의 부드러운 속삭임에
고개를 돌려버렸다

꽃의 미소에
무뚝뚝한 표정을 지어 보였다

오늘이라는 도화지에
내가 직접 몸으로 그린 그림이다.

말

땅에 붙어있는 자동차에 비해
허공에 떠 있는 비행기는 불안하다

흙속에 뿌리를 둔 여느 식물과 달리
뿌리가 물속에 떠 있는 부레옥잠은 불안하다

입을 다물고 있으면 혀가 입천장에 붙어 있지만
말을 할 때면 혀가 입안에 떠서 불안하기 짝이 없다

그럭저럭

아침에 잡담 한 마디 나눌 수 있다면
그럭저럭 잘 살고 있는 거다

오후에 커피 한 잔 마실 수 있다면
그럭저럭 잘 살고 있는 거다

깊은 밤 하늘 한 번 올려다 볼 수 있다면
그럭저럭 잘 살고 있는 거다

기다림

기다림이 있다는 건
삶이란 마당에서 바라볼 꽃이 있다는 것

기다림이 있다는 건
삶이란 바다에서 의지할 등대가 있다는 것

기다림이 있다는 건
삶이란 초원에서 아직 못다 한 노래가 있다는 것

2부

고추

노고

화사한 꽃밭에서
정원사의 노고를 본다

풍요로운 들판에서
농부의 노고를 본다

아름다운 그림에서
화가의 노고를 본다

환하게 웃는 모습에서
너의 노고를 본다.

감사

슬픔을 품은 기쁨이 불만인가
너무나 짧은 기쁨이 불만인가

당신이
지난날 한
오늘도 하고 있는
앞으로도 하게 될
나쁜 생각과 말과 행동을 생각해보라

지금의 호흡만도 감사할 일이다

순교

네모난 칼 앞에서
한 치의 흔들림도 없다

오히려 자신의 몸이
두 동강 나길 기다려왔다

잘리기 위해 성장했고
잘려야 널리 퍼질 수 있다

예리한 날이 닿기 무섭게
상체가 힘없이 꼬꾸라진다

날 듯 말 듯하던 풀내음이
짙어지며 사방으로 퍼져나간다

비린내

날생선에서 비린내가 난다
날콩에서도 비린내가 난다
비가 내려 비린내가 나거든
익지 못했던 한 때의 사랑이
울고 있는 거라 생각해 다오

장래 희망

어릴 땐 대통령이었지
학교 다닐 땐 장관이었지
얼마 전까지는 정년퇴직자였지

그리고
술에 취해 빗속을 비틀거리며
다가오던 한 사람을 본 이후로는
그냥 몸 하나 제대로 가누는 거지

살인

포도와 복숭아와 과일들이
도로에 널브러져 있다
씨며 투명한 즙이며 터져 나왔다
두 나무 사이에 자동차가 끼여 있다
좌판의 할머니는 방금 돌아가셨단다
운전자는 쪼그려 앉아 담배만 피워댄다
경찰의 물음에 블랙박스라고만 반복한다
빗줄기가 굵어지고 담배연기는
당최 하늘로 올라갈 생각을 않는다
막걸리 냄새가 역겹다

집착

나의 손바닥에 앉아 있는 새여
너의 노래 속에 내가 있기라도 한 거냐
너의 울음 속에 내가 있기라도 한 거냐
이제 너를 놓아주리라
마음껏 날아라

놓아줄 때 비로소 잡을 수 있는 게
사랑이고 인생이라니

그땐 그럴 수밖에

열심히 공부하지 못한 게 후회되나요
그땐 그럴 수밖에 없었을 거예요

그와 결혼하지 못한 게 후회되나요
그땐 그럴 수밖에 없었을 거예요

현재가 불만스럽나요
지금 당신은 최선을 향해 가고 있어요

사는 지혜

자유롭고 싶다면
마음속에 새 한 마리 키우기

아름다워지고 싶다면
마음속에 예쁜 꽃 한 송이 가꾸기

왕이 되고 싶다면
마음속에 화려한 궁전 하나 짓기

마음대로 잘 되지 않는다면
하나님께 부탁하기

정화

마음의 먼지를 털어낼 때
꽃은 웃기 시작한다

마음의 얼룩을 닦아낼 때
별은 반짝이기 시작한다

마음의 묵은 때를 벗겨낼 때
개똥도 보석처럼 빛나기 시작한다

생

예쁜 꽃이
너무 일찍 져버려 아쉬운가

포근한 봄이
너무 쉽게 가버려 안타까운가

하나를 위해 열을 노력하지만
하나의 실수로 열을 잃어버리는
인생이 억울한가

자네는 공짜로 꽃을 보았고
공짜로 봄을 누렸네

그리고 자네란 사람은
이 세상에 공짜로 왔지 않은가

고추

고추를 드리러 고향집에 들렀다
아버지는 집이 제일 편하다며
밖에는 나오지 않으신단다
청춘을 산 세상이 힘드셨음이리라
고추를 들고 마당에 들어서자
자루를 든 젊은 아버지와
그의 바지를 붙잡고 떼쓰고 있는
아들의 모습이 얼핏 스쳤다
어릴 때처럼 다시 한번
아버지의 옷자락을 쥐고 싶었지만
이젠 그럴 수 없는 일이었다
가슴만 먹먹했다
대문 밖으로 나오니 캄캄한 어둠이
여전히 버티고 서 있었다

그러하기

아름답고 좋은 것만 생각하기

외로움이 그대를 삼킬지라도 그러하기

슬픔이 그대를 넘어뜨리더라도 그러하기

분노가 그대를 불태우더라도 그러하기

어떤 일이 있더라도 죽는 날까지 그러하기

세상

너는
우주라는 세상일 필요는 없다

지구나 달이라는
세상일 필요는 더더욱 없다

단 하나의 티끌 같은 세상이라 하더라도
나만의 세상이면 된다

소명

눈보라가 친다고
달이 세상을 비추는 걸 그만두더냐

바위를 만났다고
시냇물이 흘러가는 걸 멈추더냐

가뭄이 들었다고
석류가 열매 맺는 걸 포기하더냐

나비는 연약한 날갯짓으로 바다까지 건너는데
사람만이 제멋대로 삶을 버린다

원망

널 원망했던
나를 용서해다오

지름길을 가기 위해
너 역시 나처럼
푸른 잔디를 밟고 지나가는
연약한 한 인간에 불과함을
미처 깨닫지 못했다

거리에서

바람이 차지 않다 차지 않다고
계속 중얼거리니 바람이 덜 찼다

난 외롭지 않다 외롭지 않다고
계속 중얼거리니 덜 외로웠다

네가 보고 싶지 않다 보고 싶지 않다고
계속 중얼거리니 눈물만 자꾸 났다

탈지면

무심코라도
하늘을 향해 싫은 소리 마세요

군데군데 상처 난 곳을 덮고 있는
저 뽀얗고 보드라운
탈지면이 보이지 않나요

빗방울

손등에 빗방울이 서늘하다
서럽고 두렵다
지난 시간을 되돌아볼 때다
낙엽이 지고 겨울이 오면
어떤 이는 추위에 떨고
어떤 이는 따뜻할 것이다
하지만 내년에도 어김없이
생명의 봄은 올 것이기에
배고픈 이는 절망할 필요가 없고
배부른 이도 자랑해선 안될 것이다
중요한 건 기나긴 여행의
마지막 순간에 고요히 자리에 누워
기쁨의 눈물 한 방울 흘리는 것이리라

감

홍시처럼
잘 익은 사람이 되라는
어릴 적 어른들 말씀을
늘 가슴에 품고 살아왔는데
막상 친구들이 나보다 잘 나가는 걸 보니
기분이 떨떠름하고 씁쓸하다
홍시가 되긴 아직 멀었나 보다

3부

불꽃놀이

권력자

저는 당신의 빛으로 살아갑니다

언제나 당신은 같은 모습이지만
저는 당신만 바라보며
혼자서 밝았다 어두웠다 합니다

당신은 가까이할 수도
멀리 할 수도 없는 존재입니다

오늘도 저는
당신 주위를 맴돌기만 합니다

당신은 태양
저는 지구

화

화내지 말라
너는 맞고 상대방은 틀린가
너나 상대나 오류 덩어리다
일단은 참으며 냉정을 찾으라
곧 모든 상황이 이해될 것이다
화냄은 너의 자제력 없음과
인격의 바닥을 보여준다
상대는 너를 불쌍히 여길 것이다
너는 그를 볼 때마다 불편할 것이며
수시로 기억이 네 양심을 찌를 것이다
그 또한 오랫동안 너를 증오할 것이다
화는 그동안 쌓아온 업적을 무너뜨리고
너 자신까지 불살라버릴 것이다
풀잎 하나라도 밟을 권리가 너에겐 없다

낙원

삶이 정말 즐거운 여행일까
산다는 건 힘든 훈련이다
한 번도 크게 웃어보지도 못하고
밥 대신 죽음을 먹고 있는 아이들
제대로 하늘을 쳐다보지도 못하고
시름시름 앓다가 흙으로 돌아가는 사람들
수없이 많은 질병과 위험 속에서
고된 노동과 온갖 걱정에 시달리다
끝내는 한 줌 재가 되고 마는 보통 사람들
이게 전부라면 얼마나 허무한가

이 세상과의 이별이 끝일 리가 없다
영원한 낙원이 있음이 틀림없다

강가에서

저 반달처럼
우리 둘이서 힘을 모으면
세상 어떤 어려움도
쉽게 이겨낼 수 있을 거야

응 그렇긴 한데
넌 언제나 나한테
반만 보여주는 게 좀 걸리는걸

걱정 마
곧 보름달이 뜰 거야

노안

작은 글씨가 거리를 두니 잘 보인다

이제부터는 나무보다는 숲을 보라는 얘기겠지

이것저것 꼼꼼하게 따지지 말라는 얘기겠지

잘못이 있더라도 쉬이 용서하란 얘기겠지

집착하지 말고 여유를 가지란 얘기겠지

세상일에 웬만하면 고개 끄덕하며 살란 얘기겠지

지루함

기다림이라는 나무 한 그루
지루함을 먹고 자라지요
때가 차서도 열매를 맺지 못할 수 있지요
그렇다고 베어버릴 수도 없지요

산다는 건 이런 나무 하나 기르는 것
지루함을 버티고 또 버텨내는 것

밤비

가을장마인가 봅니다
뚜둑 뚜두둑
거기도 들리시나요
밤은 깊은데 빗소리에
머리가 초롱초롱해집니다
마음이 편안하고 설레기까지 하고요
가슴 밑바닥에 오래전부터 헝클어져 있는
실타래가 술술 풀릴 것 같은 느낌도 드네요
비가 그치고 다시 바삐 움직일
세상을 생각하면 지금 이 순간이
더없이 소중하고 애틋하게 느껴져요
빗소리를 들을 수 있는 것만도 고마운데
비와 함께 생각나는 사람 있으니
얼마나 감사한 일인가요
모든 사람들이 차분함으로 하나 되는
이 밤 너무 포근하고 행복해요
하지만 아쉽게도 이 비도 곧 그치겠죠
각자가 빗방울이 되어
오래 서로에게 비로 내렸으면 좋겠어요

나이

학생 땐 수학 문제가 그렇게 어렵더니

젊을 땐 사랑이 밤낮으로 괴롭히더니

최근엔 생계 걱정 때문에 죽을 것만 같더니

지금은 그 많던 문제들이 다 어디로 갔는가

나이를 먹는다는 건 문제를 먹는다는 것

쓴 문제를 씹고 소화해 영양분으로 성장하는 것

달

변화무쌍한 네가
어떤 모습을 하고 있더라도
난 네가 달임을 안다

널 보고 있노라면
한없이 쓸쓸해지기에

우주

우주가 끝이 없다는 건
인간이 보잘것없다는 뜻일까
아니면 특별하다는 뜻일까
그건 내게 중요하지 않다

우리가 초라하든 대단하든
우주공간의 무한함이
우리가 이 세상을 떠났을 때
다시 만나지 못함을 의미할까 봐
그것이 두려울 따름이다

불꽃놀이

요란한 소리를 내며 터지는 불꽃이기보단
은은한 향기와 함께 고요히 피는 꽃이길

거품처럼 금세 사라지는 불꽃이기보단
옹달샘처럼 꾸준하고 오래가는 꽃이길

사람들이 입 벌려 쳐다보는 불꽃이기보단
한 명이라도 그윽하게 바라보는 꽃이길

흔들리지 않는 불꽃이기보단
마음껏 웃고 울 수 있는 꽃이길

눈만 즐겁게 하는 불꽃이기보단
세상을 변화시키는 생명 있는 꽃이길

징후

나뭇잎의 흔들림으로 바람을 안다

반짝이는 별로 밤하늘을 안다

파란 하늘로 가을을 안다

이러한 징후 없이도 너를 안다

내 영혼이 항상 너와 함께 있다는 걸 아느냐

가을 햇살

가을 햇살이 너무 좋다

이것 하나만으로도
지구라는 별에 온 보람이 있다

익숙함

보고
듣고
숨 쉬는 것도
엄마의 뱃속에서
처음 나왔을 땐
놀라움이고
축복이었다

수평선

처음부터
바다와 하늘이 만난다는 건
기만이고 불가능이었다

갈등

이거냐 저거냐 너무 고민 마라
이것도 되고 저것도 된다
선택한 다음부터가 중요하다
인생은 복수정답이다

삶이란

지식을 통해 자신의 무지를 깨닫는 것

운동을 통해 자신의 무능력을 깨닫는 것

예술을 통해 자신의 추함을 깨닫는 것

신앙을 통해 자신의 죄를 깨닫는 것

낮아지고 또 낮아지는 것

은행나무 아래

두 사람이 노랗게 물든
은행나무 아래에 서 있다

한 사람은 모든 게 노랗게
무르익었다고 생각하고

다른 사람은 모든 게 노랗게
변해버렸다고 생각하며

외톨이

내가 들어오지 못하게
그들이 만든 동그라미의
주위를 겉돈다는 생각이 들 때가 있었지

하지만 지금은 알고 있지

내가 그린 동그라미 안에
내가 갇혀 있었음을

안다는 것

식물학자가
꽃은 알 수 없다고 고백하는 것

천문학자가
별은 알 수 없다고 고백하는 것

지식의 양이 빗방울이라면
무지의 양은 바다임을 아는 것

4부

은행나무 길

봄

비가 와도 좋다
바람이 불어도 좋다
구름이 잔뜩 끼어도 좋다

그냥 좋다

모과

은은한 향기 하나로
철 지나도록
빈 공간을 가득 채우다

눈 내리고 바람 부는 겨우내
언 입술을 녹이며
온몸으로 퍼지는 순수

목련

하얀 꽃등 하나씩 켜질 때마다
손안에 촛불 하나씩 켜졌으면

붉은 꽃등 하나씩 켜질 때마다
가슴속에 등불 하나씩 켜졌으면

예쁜 꽃등 하나씩 꺼질 때마다
사랑의 불빛 하나씩 영원했으면

어느새

어느 틈에 벌써
새싹이 돋아나 있었다

어느 틈에 벌써
나뭇잎이 무성해져 있었다

어느 틈에 벌써
푸른 잎이 붉게 물들어 있었다

틈이 모든 걸 바꿔놓았다

인생 나무

봄에는 연분홍 꽃비가 내리는
화사한 벗나무가 좋다

여름에는 커다란 그늘을 만들어주는
풍성한 느티나무가 좋다

가을에는 원숙미가 느껴지는
노란 은행나무가 좋다

겨울에는 모든 걸 내려놓고도
더욱 아름다운 자작나무가 좋다

이해법

누군가 행동이 굼떠 보인다면
당신이 급하지 않은지 보라

누군가 바보같이 보인다면
당신이 영악한 게 아닌지 보라

누군가 자유분방해 보인다면
당신이 권위적이지 않은지 보라

누군가 얼렁뚱땅해 보인다면
당신이 강박적이지 않은지 보라

누군가 우유부단해 보인다면
당신이 독선적이지 않은지 보라

누군가 비굴해 보인다면
당신이 교만하지 않은지 보라

누군가 겁쟁이처럼 보인다면
당신이 만용이 가득하지 않은지 보라

>

누군가 구두쇠처럼 보인다면
당신이 낭비가 심하지 않은지 보라

모자라니까 사람이다
넘치니까 사람이다

그래도

그래도
입가에 엷은 미소를 지으신다면

그래도
별이 아름답다고 말씀하신다면

그래도
다시 일어나 터벅터벅 걸어가신다면

저는 당신 곁에서 펑펑 울겠습니다

눈 오는 아침

덜커덩 소리에 아침 일찍 눈을 떴다
간밤에 남긴 빵조각이 굳어 있고
읽다 잠든 삼손의 페이지는 그대로였다
외투를 대충 걸치고 창가로 다가가 보니
세찬 눈보라가 창문을 흔들고 있었다
앙상한 나뭇가지에 눈이 제법 쌓여
무게를 겨우 견디는 듯 보였다
한겨울의 숲 속이지만 집안은 따뜻했다
잠시 생각에 잠겼다가
김이 서린 유리창에 검지 손가락으로
한 글자씩 또박또박 써 내려갔다

나 는 행 복 하 다

은행나무 길

노랗게 물든
은행나무 길을 걷고 싶다
한적한 공원이나 호수 근처에
구름이 제법 끼어 있고
바람도 조금 부는 오후쯤이면 좋겠다
연두색과 노란색이 섞인 것보다는
나무들이 모두 샛노랗다면 좋겠다
붉은 보도블록을 노랗게 덮고 있는
은행잎을 밟으며 머지않아 보게 될
눈 덮인 세상을 상상해보는 것도 좋으리라
맨손이라면 뒷짐을 지고 아니면
따뜻한 커피를 감싸 쥐고 거닐고 싶다
바람에 환하게 웃으며 떨어지는
노란 잎들을 보며 쓸쓸함에 깃든
즐거움을 한껏 느껴보고 싶다

활

미움에 관한 차가운 단어들은
입술이 쏘지 않게 하소서

사랑에 관한 따뜻한 낱말들은
날아가는 화살이 되어 꽂히게 하소서
머리보다는 심장에

공기

공기가 되고 싶소

당신 안에 들숨으로 들어가
움츠러든 당신의 마음을
한껏 부풀어 오르게 하고 싶소

끝끝내

돌부리에 부딪칠 때가 있지
먼길 돌아갈 때도 있지
거꾸로 가는 듯 느껴질 때도 있지
바짝 마를 때도 있지
꽁꽁 얼어버릴 때도 있지
그래도 냇물은 바다에 이르고 말지
끝끝내 있어야 할 곳에 가고야 말지

단풍

땡볕에 괴로워하기도 하면서
장마에 흡족해하기도 하면서
바람에 흔들리기도 하면서

마침내 변신하고야 말았다

눈치채지 못하도록 은밀하게
과거를 알지 못하도록 완전하게
숨이 멎도록 찬란하게

산길

산속에서
길을 제대로 가고 있다고
자만하지 마시오
당신은 잘못된 길을 가고 있을지도 모르오

산속에서
길을 잘못 가고 있다고
낙심하지 마시오
당신은 제대로 된 길을 가고 있을지도 모르오

산속에서 보는 길과
산 정상에서 보는 길은 다르오

그러다

당신에게 우산을 씌워드리다
당신의 우산이 되기를

당신을 위해 노래를 부르다
당신의 노래가 되기를

당신의 마음을 살피다
당신의 마음이 되기를

그러다
당신과 하나가 되기를

희망

살면서 소원도 많았지
어떤 건 몇 분
또 어떤 건 몇 년을 기다렸지
대부분은 이루어지지 않았어
하지만 후회는 없지
지난날들은 이미
희망으로 충분히 가슴 벅찼으니까

결단

무엇을 읽든
피곤한 몸을 이끌고
조용한 곳으로 출발할 때
이미 지혜는 시작된 거다

어떻게 다가서든
서먹함을 깨고
그에게로 발걸음을 옮길 때
이미 화해는 시작된 거다

무엇을 어떻게 기도하든
새벽에 졸린 눈을 비비며
교회로 향할 때
이미 축복은 시작된 거다

이발

이발사가 손거울로
나의 뒷머리를 보여준다
비 온 뒤 풀처럼 막 자라 있다
며칠 전 머리 좀 깎으라는
사람들의 이야기를 들을 걸 한다
나의 절반은 남들이 더 잘 보는데도
여태껏 사람들의 말을 듣지 않았다
평생 흉측한 사람으로 살아가도 좋다는 듯

장승 깎기

통나무가 깎이며 장승이 된다
원석도 깎여야 보석이 되고
글도 깎여야 아름답다
아깝기도 하겠지만
의미를 지니기 위해 버릴 건 버리자
우리가 서로에게 망치와 정이 되어
깎일 때 좀 아프더라도 참아내자
아름다운 이 세상에서
우리도 작품 한번 되어보자

순수

착함이 있는 곳에 악함도 있는 줄 알았습니다

아름다움이 있는 곳에 추함도 있는 줄 알았습니다

진실함이 있는 곳에 거짓도 있는 줄 알았습니다

한결같음이 있는 곳에 변덕도 있는 줄 알았습니다

지혜가 있는 곳에 무지도 있는 줄 알았습니다

올바름이 있는 곳에 불의도 있는 줄 알았습니다

사랑이 있는 곳에 미움도 있는 줄 알았습니다

당신을 만나기 전까지는

5부

혹시나

혹시나 그가 왔으면 했지만 역시나 안 왔다
혹시나 그가 왔으면 했는데 정말 왔다

혹시나 그가 왔으면 하는 바람이
이루어질 가능성은 만의 하나가 아니라
이분의 일이나 된다

전나무에게

전나무야
고운 단풍을 부러워 마
흰 눈 펑펑 내리는
너의 세상이 곧 올 거야

사라지지 않았다

언젠가 스쳤을 어느 바람이며
언젠가 보았을 어느 산은
사라지지 않았다

언젠가 쏟았을 어느 땀방울이며
언젠가 했을 어느 생각은
사라지지 않았다

언젠가 흘렸을 어느 눈물이며
언젠가 중얼거렸을 어느 기도는
사라지지 않았다

모두 지금의 내가 되었다

이유가 있겠지

꽃이 짐도 이유가 있겠지

별이 짐도 이유가 있겠지

헤어짐도 이유가 있겠지

이러려고

후회하려고 이걸 선택했나 싶어도
한숨은 웃음으로 불어 가는 바람이지

고생하려고 이걸 시작했나 싶어도
눈물은 웃음으로 건너가는 강이지

잠시 웃으려고 그리 힘들었나 싶어도
그렇게라도 웃을 수 있는 사람은 너뿐이지

그날

그렇게 쓸쓸하고
그렇게 초라하고
그렇게 화날 수가 없었지
그래서 굳게 마음먹었지
어설픈 동정은 베풀지 않겠다고

나무

나뭇가지가 앙상하다
잎이며 열매 모두 버렸다
올해도 겨우내 맨몸으로
칼바람과 맞설 것이다
일 년에 한 번씩
수십수백 번을 그리 해왔을 터
나무가 그냥 단단해지는 게 아니었다

바로 그때

모두가 안 된다고 말할 때
벙어리가 말을 하는 법이지

모두가 절망하며 고개를 떨굴 때
병자가 고개를 드는 법이지

모두가 끝났다며 주저앉을 때
죽은 자가 일어서는 법이지

한 명이라도 두 손 모아 기도할 때
하늘이 열리는 법이지

너

힐끗 보아도 설렌다

자꾸 보아도 콩콩거린다

아무리 보아도 달뜬다

다짐

언젠가 낙엽을 밟으며
바람에 날려갈지언정
부서지지는 말자고 다짐했지

머지않아 살얼음 위를
걷게 될 줄도 모르고

꼭

꼭 선의 충고보다는
악의 유혹에 혹하더라

꼭 훈훈한 소식보다는
나쁜 소문에 솔깃해하더라

꼭 남의 마음을 믿기보다는
의심하고 왜곡하더라

꼭 99%의 긍정보다는
1%의 부정에 집착하더라

그래서 꼭 제 발에 걸려 넘어지더라

어떻게 살 것인가

수없이 많은 행성들의 사라짐이
지구가 생겨나기 위함이었다면

수없이 많은 해가 짐이
오늘의 태양이 뜨기 위함이었다면

수없이 많은 사람들의 죽음이
당신이 태어나기 위함이었다면

그러려니

누가 날 슬프게 해도
그러려니 하렵니다

누가 날 화나게 해도
그러려니 하렵니다

누가 날 실망시켜도
그러려니 하렵니다

누군가는 나에게
그러려니 하겠지요

우리 부족한 사람들끼리
그러려니 하며 살아갑시다

사람과 자연

누군가에게 화를 냈습니다
폭풍이 몰아치는 데 일조했습니다

타인의 슬픔에 눈물을 흘렸습니다
단비가 내리는 데 일조했습니다

누군가를 미워했습니다
매서운 바람이 부는 데 일조했습니다

나쁜 생각을 뉘우쳤습니다
새하얀 눈이 내리는 데 일조했습니다

누군가를 용서했습니다
따뜻한 바람이 부는 데 일조했습니다

사랑하며 살아가겠습니다
지구가 멈추지 않는 데 일조할 겁니다

먼지가 될 때까지

먼지가 될 때까지 당신과 마주하고 싶습니다

길

올리브 농사로
부자가 되고 싶어 하는 이여

행여 그대의 땅이
척박하다는 걸 알게 되더라도
너무 실망하지 말고 마음을 고쳐 먹게

올리브 상인이 되어
농부가 부럽지 않을 만큼 성공하면 되네

그리고는 올리브 재배에 적합한 땅을 사게

그땐 올리브 농사가
소원성취가 아닌 소일거리가 될 걸세

눈물

울어본 사람은 안다
눈물 속에 깃든 순화를

울어본 사람은 안다
눈물 속에 깃든 희망을

울어본 사람은 안다
눈물 속에 깃든 힘을

울어본 사람은 안다
눈물 속에 깃든 성장을

울어본 사람은 안다
눈물이 행복의 씨앗임을

자작나무

뙤약볕 아래서도
아무런 내색을 하지 않았다
천둥소리에 꿈쩍도 않았고
심지어 번개를 맞아도 말이 없었다
비바람이 몰아치면 잠시 흔들릴 뿐이었다
겨울이 되어 잎이 다 떨어지고
뼈대와 핏줄만 남았을 때 비로소
지난여름에 나무가 그토록
하고 싶었던 말을 알 수 있었다
나는 결백하다

그녀

이웃집 그녀가
언제부턴가 제비꽃으로 보였네

그래서 내 마음을 보여줄 수 있기를
간절히 기도했네

마침내 소원은 이루어져
사랑을 고백했지

그런데 그 애가 말했네
"널 처음 보던 날 봄비가 내렸지"

오래된 책

오래된 책을 만났다
나보다 몇 년 앞서 세상에 나왔다
진한 갈색에 손가락으로 튕기면
먼지를 내며 부서질 것만 같았다
함께 밤을 새우며 이야기를 나누었을
누군가가 군데군데 줄을 그어놓았다
책은 지금 한 줌 흙이 되어도 여한이 없으리라
영혼은 언제나 그의 머릿속에 있을 테니

만족

흉년을 겪어보지 못한 자는
어지간한 수확에도 불만이지만

가뭄에 태풍까지 맛본 농부는
열매가 맺힌 것만으로도 감사하리라

오래된 시간에서 피어나는 사물 감각

오홍진 문학평론가

오래된 시간에서 피어나는 사물 감각

오홍진 문학평론가

1.

　김기갑 시인은 일상에서 피어나는 욕망을 깊이 있게 성찰하는 시적 주체를 내보이고 있다. 지금 우리는 속도를 중시하는 자본주의 사회를 살고 있다. 남들보다 더 빨리 달려야 목적지에 먼저 도달할 수 있다. 오로지 앞만 보고 달리는 경주마처럼 사람들은 주변 상황에 신경을 쓰지 않는다. 한눈을 파는 순간 무한 경쟁의 대열에서 내쳐지기 때문이다. 「자동차」에 나타나는 대로, 시인은 "직진하고 싶은 욕망"을 애써 누르며 "굽은 길을 말없이 안고" 가는 존재에 주목한다. 굽은 길은 에둘러 가는 길을 의미한다. 에둘러 가려면 직진으로 빨리 가고 싶은 욕망을 지그시 누를 수 있어야 한다. 어떻게 하면 직진 욕망을 내리누르는 마음의 힘을 기를 수 있을까? 김기갑의 시작詩作은 무엇보다 이러한 질문과 긴밀하게 연동되어 있다고 하겠다.

　「내려놓기」라는 시에서 시인은 풍랑을 만난 배가 침몰하지 않으려면 싣고 있는 짐을 바다에 내던져야 한다고 단호하게 말한다. 짐에 집착하면 배가 가라앉는 시간만 앞당길 뿐이다. 이치가 이런 걸 알면서도 사람들은 짐에 대한 욕망을 쉬이 내려놓지 못한다. 저 짐을 얻기 위해 얼마나 많은 시간을 투자했는가? 자본주의 사회에서 시간이란 곧 자본=돈을 의미한다. 짐을 포기하는 순간 지금까지 투자한 시간과 돈도 한꺼번에 포기해야 한다. 시인은 이 시의 2연에서 더 나은 미래를 만들려면 "보석 아닌 보석을 눈물로 버려야 할 때가 있지"라고 다시금 강조한다. 눈물을 머금고 보석을 버려야 더 큰 보석을 얻을 수 있다. 보석을 꼭이 물질로만 생각할 필요는 없다. 큰 보석이란 보석을 기꺼이 내려놓는 그 마음을 가리킬 수도 있다. 마음을 내려놓는 일만큼 어려운 일이 세상 어디에 있을까?

손가락 끝이 둥근 건
상처 내지 못하게 하기 위함이다

혀끝은 둥근데도
입속에 가둬놓는 건
죽이지 못하게 하기 위함이다
― 「둥글다는 것」 전문

땅에 붙어있는 자동차에 비해
허공에 떠 있는 비행기는 불안하다

흙속에 뿌리를 둔 여느 식물과 달리

뿌리가 물속에 떠 있는 부레옥잠은 불안하다

입을 다물고 있으면 혀가 입천장에 붙어 있지만
말을 할 때면 혀가 입안에 떠서 불안하기 짝이 없다
— 「말」 전문

　자기를 중심에 세운 사람은 마음을 내려놓기가 참으로 힘들
다. 모든 일은 자신을 중심으로 돌아가야 한다고 생각하는 사람
이 어떻게 다른 이의 마음을 이해할 수 있을까? 앞만 보고 달리
는 사람은 주변을 둘러보지 않는다. 주변 사람들이 달려들면 어
떻게든 내치고 더 빨리 달리려고 한다. 무한 경쟁이 일어나는 장
소는 그래서 피로 흥건하다. 달리기를 방해하는 사람에게는 말
보다 주먹이 먼저 나간다. 속도에서 밀리는 순간 나락으로 떨어
진다는 것을 이들은 잘 알고 있다. 모난 각을 품은 채 사람들은
서로를 향해 달려든다. 각과 각이 부딪치는데 어떻게 몸이 남아
날까? 경쟁 사회란 이런 것이다. 경쟁에 익숙한 사람들은 더불
어 사는 사회에는 관심이 없다. 더불어 사는 사회는 나눔을 중시
한다. 각진 마음에서 어떻게 나누려는 마음이 나오겠는가? 자
기를 중심에 놓으려는 이 각진 욕망을 내려놓아야 비로소 우리
는 콩 한 쪽이라도 나누는 (시적) 마음에 이를 수가 있을 것이다.
　「둥글다는 것」에서 시인은 각진 욕망의 저편에서 빛나는 '둥근
세상'에 대해 이야기한다. 손가락 끝이 둥근 이유는 무엇일까?
"상처 내지 못하게 하기 위함"이라고 시인은 대답한다. 손가락
끝은 손톱과는 달리 둥글면서 부드럽다. 갓 태어난 아기의 몸이

둥글면서 부드러운 것과 같다. 둥글고 부드러운 아기는 사람을 공격하지 않는다. 아기 주먹에 맞아 상처를 입는 경우를 본 적이 있는가? 시인이 말하는 둥근 세상이란 바로 이런 세상을 가리킨다. 아기처럼 상대에게 악의를 표현하지 않는 세계라고 말해도 좋다. 같은 시의 2연에서 시인은 "혀끝은 둥근데도/ 입속에 가둬놓는 건/ 죽이지 못하게 하기 위함이다"라고 쓰고 있다. 둥근 것 또한 잘 못 쓰이면 생명을 죽일 수 있다. 지독한 욕망에 빠진 사람일수록 남의 몸에 상처를 내는 걸 두려워하지 않는다. 수단과 방법을 가리지 않고 이기는 게 자본 사회의 원칙이 아니던가.

둥근 혀가 사람을 해치는 흉기가 되는 까닭은 「말」이라는 시에서 구체적으로 표현된다. 땅에 붙어있는 자동차에 비해 허공에 떠 있는 비행기가 불안한 이유는 무엇일까? 당연한 말이지만, 비행기를 타면 자동차보다 목적지에 더 빨리 이를 수 있다. 인간이 세운 문명은 끊임없이 속도 경쟁을 벌인다. 기차에서 자동차로, 자동차에서 비행기로 이어지는 문명의 이기는 인간에게 편리함을 주었지만, 동시에 인간을 깊은 불안감에 빠뜨리기도 했다. 땅에 붙어있는 자동차와 달리 비행기는 허공에 떠서 날아다닌다. 뿌리 없이 치달리는 지독한 욕망을 닮았다고나 할까? 시인은 뿌리가 물속에 떠 있는 부레옥잠과 말을 할 때면 입안 허공에 뜨는 혀도 불안하기 짝이 없다고 이야기한다. 입을 다물고 있으면 혀는 입천장에 붙어 있다. 뿌리 없는 욕망에 내재된 지독한 폭력성을 시인은 다양한 사물을 통해 분명하게 드러내고 있는 것이다.

김기갑의 시적 주체는 이렇듯 뿌리 없는 욕망이 빚어내는 폭력성을 깊이 있게 성찰하고 있다. 다시 말하지만, 욕망의 폭력은 자기를 중심에 세우고 타자를 그 주변에 배치하는 자본의 논리에서 뻗어 나온다. 자본의 논리에서 벗어나려면 무엇보다 끊임없이 자기 마음을 내려놓는 연습을 해야 한다. 「소망」에서 시인은 고뇌를 먹고 자라는 시詩를 이야기한다. 시인이 말하는 고뇌는 물론 마음을 내려놓는 과정에서 자연스레 피어나는 고통을 의미하리라. 고뇌하는 마음이 깊어질수록 그가 쓰는 시 또한 그만큼 깊어지고 넓어질 것이다. 시란 게 원래 고뇌하는 마음을 표현하는 양식이 아니던가. 깊은 고뇌에 빠진 시인은 바로 그 마음으로 지금과는 다른 세상을 열망한다. 각진 욕망이 판을 치는 세상에서 시인은 둥근 것을 마음에 품은 채 시를 쓴다. 둥근 것을 향한 마음이 시심詩心이 아니라면 무엇이겠는가.

2.

「집착」에서 시인은 손바닥에 앉아 있는 새를 보며 "이제 너를 놓아주리라/ 마음껏 날아라"라고 외치고 있다. 새는 붙잡으려고 하면 할수록 더 멀리 날아간다. 새만 그럴까? 사람도 마찬가지다. 오죽하면 사랑하는 사람은 못 만나서 서럽고, 미워하는 사람은 자꾸만 만나서 서럽다는 말까지 나왔겠는가. 시인은 "놓아줄 때 비로소 잡을 수 있는 게" 사랑이고 인생이라고 말한다. 마음을 비워야 무언가를 놓을 수 있다. 어떻게 해야 마음을 비울수 있을까? 깨달음을 얻은 성인聖人들이 이런저런 말을 했지만,

사실 깨달음에 이르는 길은 저마다 다를 수밖에 없다. 놓고 싶다고 놓을 수 있는 게 아닐뿐더러, 놓고 싶다는 마음도 어찌 보면 무언가를 채우려는 욕망의 표현일 수 있기 때문이다. 「순교」라는 시를 읽으며 이에 대해 좀 더 논의를 진전시켜 보자.

네모난 칼 앞에서
한 치의 흔들림도 없다

오히려 자신의 몸이
두 동강 나길 기다려왔다

잘리기 위해 성장했고
잘려야 널리 퍼질 수 있다

예리한 날이 닿기 무섭게
상체가 힘없이 꼬꾸라진다

날 듯 말 듯하던 풀내음이
짙어지며 사방으로 퍼져나간다
— 「순교」 전문

"네모진 칼 앞"이라는 시구가 눈에 먼저 띈다. 네모진 칼은 상대에게 폭력을 행사하는 사물이다. 둥근 것이 지향하는 세계와는 다른 장소에 있는 사물이라는 말이다. 폭력을 상징하는 네모진 칼 앞에서도 시인은 한 치의 흔들림도 없다고 선언한다. "오히려 자신의 몸이/ 두 동강 나길 기다려왔다"는 구절에 표현된 바 그대로, 시인은 네모진 칼과 두려움 없이 대면할 마음을 내보이고 있다. 정확히 말하면 시인은 목숨을 걸고 네모진 칼과 마주한다. 옥타비오 파스는 「활과 리라」에서 종교 경험처럼 시 경험에도 '치명적 도약'이 필요하다고 이야기한다. 치명적 도약이란 근원적인 본성으로 되돌아가는 마음을 뜻한다. 근원적인 본성으로 돌아간 사람은 인간문명이 강요하는 정체성에 의문을 제기한다. 문명이 발달하면서 인간은 자연 속 사물들과 소통하는 방법을 잃었다. 풍요로운 문명을 만끽한 결과 사물과 하나가 되는 신성神性을 상실한 것이다.

치명적 도약을 통해 신성을 엿본 시인은 이리 보면 두 세계에 발을 디딘 경계 속 존재라고 말할 수 있다. 시인은 현존과 부재, 침묵과 말, 빔과 충만 사이를 자유로이 거닌다. 위 시의 3연에 나오는 "잘리기 위해 성장했고/ 잘려야 널리 퍼질 수 있다"라는 문장을 보라. 잘리는 걸 두려워하면 당연히 널리 퍼질 수 있는 길이 막혀버린다. 시인은 기꺼이 제 몸을 내어놓음으로써 더 멀리 나아가는 길을 선택한다. 예리한 날이 상체에 닿자마자 "날 듯 말 듯하던 풀내음"이 사방으로 퍼져나간다. 네모진 칼날 앞에 당당히 선 풀은 그 속에 이미 신성을 품고 있다. 시인이 시 제목을 '순교'로 삼은 까닭은 여기에 있다. 풀은 가야 할 때가 되면 두려움 없이 길을 떠난다. 목숨에 집착하지 않는다는 말이다. 목숨이 귀하지 않다는 말이 아니다. 목숨만큼 귀한 것이 어디에 있을까. 풀을 비롯한 자연 사물은 다만 피고 지는 때를 어기지 않

는 것뿐이다. 치명적 도약을 한 시인 또한 그렇다. 생명 세계를
보는 '눈'이 달라지는 것이다.

　　손등에 빗방울이 서늘하다
　　서럽고 두렵다
　　지난 시간을 되돌아볼 때다
　　낙엽이 지고 겨울이 오면
　　어떤 이는 추위에 떨고
　　어떤 이는 따뜻할 것이다
　　하지만 내년에도 어김없이
　　생명의 봄은 올 것이기에
　　배고픈 이는 절망할 필요가 없고
　　배부른 이도 자랑해선 안될 것이다
　　중요한 건 기나긴 여행의
　　마지막 순간에 고요히 자리에 누워
　　기쁨의 눈물 한 방울 흘리는 것이리라
　　― 「빗방울」 전문

　생명 세계는 자연 이치를 따라 움직인다. 꽃이 필 때가 있으면
꽃이 질 때도 있는 법이다. 자연은 꽃이 핀다고 즐거워하지 않
고, 꽃이 진다고 슬퍼하지 않는다. 꽃은 그저 필 뿐이고, 꽃은 그
저 질 뿐이다. 서러움이니 두려움이니 하는 것은 인간의 감정이
라는 말이다. 시는 인간이 쓴다. 당연히 시에는 인간의 감정이
투영될 수밖에 없다. 파스가 왜 치명적 도약을 이야기했겠는가?

시는 인간의 감정에서 뻗어 나오지만, 동시에 인간의 감정 바깥으로 뻗어 나가는 힘이 있다. 시(어)에 담긴 맥락을 떠올려 보면 된다. 시는 보이는 세계를 통해 보이지 않는 세계로 나아간다. 시어 또한 일상 언어를 통해 그 너머로 나아가는 길을 활짝 열어 젖힌다. 치명적 도약을 거치지 않으면 인간은 결코 사물의 목소리를 들을 수 없다. 자연의 눈으로 인간의 삶을 들여다보는 존재가 시인이라고 말하면 어떨까?

위 시에서 시인은 손등에 떨어진 빗방울에서 서늘함을 느낀다. 서늘함은 감각이다. 감각만큼 몸 깊이 새겨진 '기억'이 어디에 있을까? 손등에 새겨진 서늘한 감각으로 시인은 지난 시간을 되돌아본다. 서럽고 두려운 감정이 밀려오기는 하지만, 그 감정이 몸에 새겨진 서늘한 감각을 밀어낼 수는 없다. 시인은 손등에 떨어진 빗방울의 기억으로 "내년에도 어김없이/ 생명의 봄은 올 것"이라고 확신한다. 서럽고 두려운 감정만으로 어떻게 생명의 봄이 오는 서늘한 감각을 느낄 수 있을까? 살아있는 생명의 입장에서 보면 "배고픈 이는 절망할 필요가 없고/ 배부른 이도 자랑해선 안될 것이다". 배고픈 이와 배부른 이를 나누는 것도 인간이고, 절망과 자랑을 말하는 것도 인간이다. 인간은 늘 자기 관점으로 생명 세계를 들여다본다.

인간의 관점으로 들여다볼 수 없는 지점에 (시적) 사물이 있다. 그것과 마주하려면 시인은 사물을 바라보는 눈 자체를 바꿔야 한다. 사물의 입장에서 사물을 들여다봐야 한다. 인간의 감정으로 사물의 감각을 함부로 재단해서는 안 된다고 말하면 어떨까? 시인은 위 시의 끝부분에서 "기나긴 여행의/ 마지막 순간"

을 떠올리고 있다. 마지막 순간이란 당연히 죽음을 의미한다. 생명으로 태어난 존재는 죽음을 피해갈 수 없다. 인간이라고 예외가 아니다. 죽음 앞에서는 절망도, 자랑도 아무 의미가 없다. 시인은 그 순간에 흘릴 "기쁨의 눈물 한 방울"을 상상한다. 기쁨의 눈물은 감각일까, 감정일까? 손등에 떨어진 서늘한 빗방울의 감각에 비하면 기쁨의 눈물은 감정에 가깝다. 서정시를 쓰는 시인이 감정으로부터 자유로울 수는 없으리라. 다만 (인간의) 감정에 치우치면 사물의 감각을 표현하는 일은 그만큼 어려워질 수밖에 없다.

3.

둥근 마음으로 사물을 바라보는 일은 감각과 밀접하게 결부되어 있다. 사물은 감정을 내보이지 않는다. 새 소리를 들으며 우리는 기쁨과 슬픔을 느끼지만, 그것은 그런 상황에 빠진 인간의 감정이 사물에 투영된 것일 뿐이다. 인간의 감정이 사물을 판단하는 기준이 되면, 사물 자체가 지닌 감각은 저 멀리로 흩어져버린다. 시인이 사물의 시선으로 사물을 들여다본다는 말에는 무엇보다 이러한 맥락이 스며들어 있다. 시인은 사물을 판단하는 존재가 아니다. 그러기는커녕 시인은 사물을 자유롭게 풀어주는 존재라고 할 수 있다. 사물을 자유롭게 풀어주려면 사물을 지배하려는 마음을 내려놓아야 한다. 사물에 대한 지배 욕망이 지독한 소유욕을 낳는다. 소유욕이 강한 사람이 어떻게 시를 쓸 수

있을까? 사물에 대한 집착이나 소유욕을 떨쳐낸 자리에서 시심
이 뻗어 나온다고 말해도 좋을 것이다.

작은 글씨가 거리를 두니 잘 보인다

이제부터는 나무보다는 숲을 보라는 얘기겠지

이것저것 꼼꼼하게 따지지 말라는 얘기겠지

잘못이 있더라도 쉬이 용서하란 얘기겠지

집착하지 말고 여유를 가지란 얘기겠지

세상일에 웬만하면 고개 끄덕하며 살란 얘기겠지
— 「노안」 전문

어느 순간부터인가 책글씨가 잘 보이지 않는다. 가까이서 보
면 뿌옇게 보이던 작은 글씨가 거리를 두니 잘 보인다. 시간이
흐르면 눈도 늙는다. 눈이 늙었는데 사람들은 자꾸만 이전처럼
사물을 보려고 한다. 변화가 싫은 것이다. 하지만 변화가 싫어도
어쩔 수 없다. 눈은 이미 변했으니까. 시간을 사는 생명에게 변
화는 피할 수 없는 운명과도 같다. 스스로 시간 바깥으로 뛰어나
가면 모를까, 시간 안에서 사는 생명은 반드시 변화를 받아들여
야 한다. 그만큼 시간은 생명에게 절대적인 조건이라고 할 수 있

다. 시인은 노안의 의미를 나무보다는 숲을 보라는 마음결에서 찾는다. 이것저것 꼼꼼하게 따지지 말라는 얘기에 나타나듯, 시인은 자기 고집을 내려놓고 다른 이의 말을 두루 듣는 의미로 노안을 읽는다.

자기를 중심에 세운 사람은 제 뜻과 어긋나는 의견을 들으려고 하지 않는다. 당연히 대화가 아니라 싸움으로 문제를 해결하려고 한다. 자기 생각에 집중하다 보니 이것저것을 꼼꼼하게 따진다. 이것은 이래서 옳고 저것은 저래서 그르다. 문제는 옳고 그름을 판별하는 기준이 자신이 세운 논리에 맞추어 제시되고 있다는 점이다. 다른 사람의 말을 받아들이려면 자기 기준을 내려놓아야 한다. 중심에서 내려오지 않으려고 하는 사람이 어떻게 자기 기준을 내려놓을까? 노안이 오면서 시인은 사물을 볼 때는 거리를 두어야 한다는 점을 비로소 깨닫는다. 중심을 고집하면 주변에서 일어나는 일이 제대로 보이지 않는다. 상대의 작은 잘못이 자신이 저지른 큰 잘못보다 더욱 크게 보인다. 여유를 가질 시간도 없으니 다른 사람의 처지를 들여다보지도 못한다.

「갈등」이란 시에서 시인은 "이거냐 저거냐 너무 고민 마라"고 당부한다. 하나에 집착하면 다른 하나가 보이지 않는다. 이것이 되면 저것도 된다는 마음으로 세상을 바라봐야 주변을 둘러볼 수 있는 여유가 생긴다. 시인의 말마따나 "인생은 복수정답"을 갖고 있다. '정답'이라는 시어를 사용했지만, 사실 인생에서 말하는 정답은 상황에 따라 끊임없이 달라지는 것이라고 할 수 있다. 하나의 정답을 마음에 품은 사람은 수없이 많은 다른 가능성을 전혀 생각하지 않는다. 그는 오로지 정답을 얻기 위해 경주마처럼 앞만 보고 내달릴 따름이다. 무한 경쟁의 논리가 괜히 나오는 게 아니다. 무한 경쟁은 경쟁에서 이긴 사람만 우대한다. 피라미드의 맨 꼭대기에 이미 이른 사람은 뒤따라오는 사람들에게 자꾸만 하나의 정답을 요구한다. 누가 만든 정답일까? 아니, 이 피라미드는 도대체 누가 만들었을까?

가을 햇살이 너무 좋다

이것 하나만으로도
지구라는 별에 온 보람이 있다
― 「가을 햇살」 전문

식물학자가
꽃은 알 수 없다고 고백하는 것

천문학자가
별은 알 수 없다고 고백하는 것

지식의 양이 빗방울이라면
무지의 양은 바다임을 아는 것
― 「안다는 것」 전문

돌부리에 부딪칠 때가 있지
먼 길 돌아갈 때도 있지

거꾸로 가는 듯 느껴질 때도 있지

바짝 마를 때도 있지

꽁꽁 얼어버릴 때도 있지

그래도 냇물은 바다에 이르고 말지

끝끝내 있어야 할 곳에 가고야 말지

— 「끝끝내」 전문

「가을 햇살」을 먼저 보자. 피라미드를 만든 자본은 아마도 "가을 햇살이 너무 좋다"고 외치는 시인의 마음을 이해하지 못할 것이다. 자본의 원리는 말 그대로 자본을 증식하는 데 있다. 가을 햇살이 좋다고 자본이 증식되는 것은 아니다. 시인은 다르다. 이말을 외칠 수 있는 것만으로도 시인은 "지구라는 별에 온 보람이 있다"고 강조한다. 자본의 원리로 보면 지구는 끊임없이 개발되어야 할 대상이다. 여기저기서 난개발이 이루어지는 상황을 떠올려 보라. 인간의 욕심이 커질수록 지구는 그만큼 더 파괴되어 간다. 지구는 인간의 삶터로 한정될 수 없다. 온갖 생명들이 사는 터전이 바로 지구이다. 가을 햇살을 바라보는 시인의 마음이 곧 지구에 사는 모든 생명들의 마음과 이어질 수 있는 것이다. 자본의 논리에 매이면 가을 햇살에 서린 생명의 힘을 볼 수 없다. 자본은 무엇보다 인간의 시선으로 다른 생명을 판단하기 때문이다.

「안다는 것」에 나타나는 대로, 안다는 것은 모르는 것을 그 자체로 인정하는 것과 같다. 인간을 중심에 세운 자본은 이 점을 인정하지 않는다. 사물에 의미를 부여하는 주체는 오로지 인간일 뿐이라고 자본은 주장한다. 시인은 "꽃은 알 수 없다고 고백하는" 식물학자와 "별은 알 수 없다고 고백하는" 천문학자를 말한다. 이들은 무언가를 안다는 점보다 무언가를 모른다는 점을 먼저 내세운다. 모르는 것을 모른다고 말하는 사람은 겸손하다. 아는 것에 집착하는 사람은 결코 모른다는 말을 내뱉지 않는다. 빗방울 같은 지식으로 바다처럼 넓은 무지를 애써 감추려고 한다. 다시 말하지만, 겸손한 사람은 모르는 것을 안다고 말하지 않는다. 아는 것을 빌미 삼아 피라미드의 끝에 올라가려고 하지도 않는다.

경쟁 사회에서 모르는 것을 모른다고 인정하는 사람은 수없이 많은 돌부리에 걸려 넘어질 수 있다. 먼 길을 돌아 다른 사람보다 느리게 목적지에 도달할 수도 있다. 하지만 「끝끝내」라는 시에 표현된바, 냇물은 흐르고 흘러 결국에는 바다에 이른다. 거꾸로 가는 듯 느껴질 때도 있고, 바짝 말라 흐르는 일 자체가 힘들 때도 있고, 아예 꽁꽁 얼어버려 더 이상 나아가지 못하는 때도 있지만, 그럼에도 냇물은 "끝끝내 있어야 할 곳에 가고야" 만다. 냇물이 이른 바다는 피라미드의 꼭대기와는 다르다. 바다는 모든 생명이 이르는 원초적 장소와 같다. 생명으로 태어난 존재라면 마땅히 받아들여야 할 죽음의 세계라고 해도 좋다. 이리 보면 시인이 말하는 겸손한 시적 주체는 자연 이치를 온몸으로 받아들이는 존재라고 할 수 있다. 자본의 원리 반대편에 자연 이치가 있다. 모든 생명을 한 생명으로 뭉뚱그리는 이치라고 표현하면 어떨까?

4.

  김기갑이 지향하는 시적 세계는 「이해법」이라는 시에 구체적으로 드러난다. 이 시에서 그는 누군가 행동이 굼떠 보인다면 당신이 급하지 않은지 돌아보라고 이야기한다. 누군가 바보같이 보인다면 당신이 영악한 게 아닌지 생각해보라는 말도 덧붙인다. 남을 이해하려면 먼저 그 사람의 입장을 헤아릴 줄 알아야 한다. 시인은 이 시의 마지막을 "모자라니까 사람이다/ 넘치니까 사람이다"라는 구절로 끝낸다. 모자라도 사람이고, 넘쳐도 사람이다. 모자람을 기준으로 넘침을 판단할 수 없듯, 넘침을 기준으로 모자람을 판단할 수도 없다. 모자람과 넘침 사이에는 그럼 무엇이 있을까? 지금까지 논의를 참고하면, 겸손함이 그 사이에 존재한다. 겸손한 사람은 모르는 것을 안다고 하지 않는다. 아는 것으로 상대를 평가하지도 않는다. 그는 그저 묵묵히 자기가 있는 자리를 지키고 있을 뿐이다.

> 나뭇가지가 앙상하다
> 잎이며 열매 모두 버렸다
> 올해도 겨우내 맨몸으로
> 칼바람과 맞설 것이다
> 일 년에 한 번씩
> 수십수백 번을 그리 해왔을 터
> 나무가 그냥 단단해지는 게 아니었다
> ― 「나무」 전문

뙤약볕 아래서도

아무런 내색을 하지 않았다

천둥소리에 꿈쩍도 않았고

심지어 번개를 맞아도 말이 없었다

비바람이 몰아치면 잠시 흔들릴 뿐이었다

겨울이 되어 잎이 다 떨어지고

뼈대와 핏줄만 남았을 때 비로소

지난여름에 나무가 그토록

하고 싶었던 말을 알 수 있었다

나는 결백하다

─「자작나무」 전문

「나무」에서 시인은 앙상한 나뭇가지에 주목하고 있다. 잎이며
열매를 모두 버린 채 나무는 맨몸으로 한겨울의 찬바람과 맞서
고 있다. 일 년에 한 번씩 나무는 꼭 이런 일을 겪어야 한다. 한겨
울 찬바람을 견디지 못하면 나무는 오는 봄날에 꽃과 잎을 피울
수 없다. 자연 이치란 게 이렇다. 자연은 고통을 고통으로만 끝
나게 하지 않는다. 고통의 너머에 자연은 늘 화사한 결실을 놓아
둔다. 시인이 '나무'라는 시적 대상에 시안詩眼을 집중하는 까닭
은 여기에 있다. 나무는 한 자리에 뿌리를 박고 묵묵히 제 삶을
견딘다. 새들이 날아와 집을 짓는다고 탓하지 않고, 찬 서리가
내리는 늦가을에 잎이 떨어진다고 서러워하지도 않는다. 시인
의 말마따나 "나무가 그냥 단단해지는 게" 아닌 것이다.

「자작나무」라는 시에서도 시인은 '나무'에 시선을 모으고 있

다. 뙤약볕이 내리쪼여도 나무는 아무런 내색을 하지 않는다. 천둥소리가 울려도 나무는 꿈쩍도 않고, 번개를 맞아도 나무는 별다른 말을 하지 않는다. 비바람이 몰아치면 나무는 잠시 흔들리지만 그뿐이다. 시인은 잎이 다 떨어진 겨울나무를 보고서야 "지난여름에 나무가 그토록/ 하고 싶었던 말을 알 수 있었다"라고 이야기한다. '자작나무'라는 시 제목이 바로 그 말이다. 결백潔白은 깨끗하고 흰 마음을 의미한다. 이런저런 시련에 시달리면서도 나무는 결백함을 잃지 않는다. 결백한 나무는 그 무엇에도 매이지 않는 삶을 산다. 비바람이 몰아치면 잠시 흔들리는 경우도 있지만 그 또한 자연 이치를 따른 움직임이라고 할 수 있다. 나무의 결백은 자연 이치를 따르는 이 마음에서 나온다. 김기갑의 시적 주체가 지향하는 장소 역시 나무의 이 마음과 무관하지 않다고 하겠다.

나무의 결백은 나무 홀로 이룬 게 아니다. 뙤약볕과 천둥소리와 비바람이 없으면 나무가 어떻게 결백을 외칠 수 있을까? 「장승 깎기」에서 시인은 통나무가 깎여야 장승이 되고, 원석이 깎여야 보석이 된다고 이야기한다. 시인이 쓰는 글=시라고 다르지 않다. "의미를 지니기 위해 버릴 건 버리자"는 시구에 암시된 대로, 시인은 치열한 고통이 없이는 어떤 성과도 이룰 수 없다고 강조한다. 당신과 마주하고 싶다면 먼지가 되는 고통(「먼지가 될 때까지」)마저도 끌어안을 수 있어야 한다. 먼지가 되는 고통이란 죽음과 맞먹는 고통을 가리킨다. 통나무가 통나무를 고집하면 결코 장승이 될 수 없다. 통나무를 버려야 비로소 장승으로 가는 길이 열린다. 파스가 말한 '치명적 도약'이 이루어지는

순간, 통나무와 원석은 장승과 보석이 되는 상황에 이르게 되는
셈이다.

> 오래된 책을 만났다
> 나보다 몇 년 앞서 세상에 나왔다
> 진한 갈색에 손가락으로 튕기면
> 먼지를 내며 부서질 것만 같았다
> 함께 밤을 새우며 이야기를 나누었을
> 누군가가 군데군데 줄을 그어놓았다
> 책은 지금 한 줌 흙이 되어도 여한이 없으리라
> 영혼은 언제나 그의 머릿속에 있을 테니
> ─「오래된 책」 전문

 시인은 "오래된 책"을 말하고 있다. 오래된 책은 오래 전에 쓰
인 책이라는 의미를 담고 있지만, 오래된 시간으로 그 의미를 한
정할 필요는 없다. 시인은 오래된 책에서 "함께 밤을 새우며 이
야기를 나누었을/ 누군가"를 떠올린다. 그 사람의 흔적은 책 군
데군데에 그어진 줄로 남아 있다. 오래된 책이 정말로 가치 있
는 책이 되려면 누군가의 머릿속에 하나의 영혼으로 자리 잡고
있어야 한다. 책이란 누군가가 읽음으로써 비로소 그 가치를 빛
내는 것이 아닌가. 아무도 읽지 않는 책은 그저 종이쪽지일 뿐
이다. 누군가가 책을 읽고 감명을 받는 순간, 그 책은 그 사람의
마음 깊이 새겨진다. 시도 그렇다. 시인은 시를 쓰고 독자는 시
를 읽는다. 쓰는 일과 읽는 일이 맞물려 오래된 책이 만들어지

듯, 쓰는 일과 읽는 일이 맞물려 가슴에 남을 시 한 편이 만들어진다.

누군가의 마음을 울리는 시를 쓰려면 무엇보다 누군가의 마음결에 공명하는 힘을 길러야 한다. 「어떻게 살 것인가」에서 시인은 "수없이 많은 사람들의 죽음이/ 당신이 태어나기 위함이었다면" 지금 우리는 어떻게 살 것인가 하는 질문을 던지고 있다. 누군가가 죽은 자리에서 누군가가 태어난다. 생명이란 삶과 죽음을 반복하며 다음 생명으로 이어지는 것이다. 이것은 지금 우리가 어떤 삶을 사느냐에 따라 다음 세대의 삶이 결정된다는 의미도 된다. 오래된 시간은 수많은 세대의 삶이 모이고 모여 이루어진다. '오래'라는 말속에 이미 현재를 사는 이들의 삶이 스며들어 있는 것이다. 둥근 것을 향한 김기갑의 상상력은 이러한 오래된 시간을 사유하는 자리에서 뻗어 나온다. 오래된 시간은 돌고 도는 자연의 시간과 맞물려 있다. 순환하는 시간이라고 말해도 좋겠다. 자연 이치를 따르는 김기갑의 시학은 바로 여기서 비롯된다고 봐도 좋을 것이다.

김기갑 시집

가끔은 별을 바라본다

발　　행 2021년 4월 18일
지 은 이 김기갑
펴 낸 이 반송림
편집디자인 김지호
펴 낸 곳 도서출판 지혜 · 계간시전문지 애지
기획위원 반경환 이형권
주　　소 34624 대전광역시 동구 태전로 57, 2층 도서출판 지혜 (삼성동)
전　　화 042-625-1140
팩　　스 042-627-1140
전자우편 ejisarang@hanmail.net
애지카페 cafe.daum.net/ejiliterature

ISBN : 979-11-5728-438-2 03810
값 10,000원

김기갑

김기갑 시인은 1974년 경북 안동에서 태어났고, 경찰대학을 졸업했으며, 2019년 『대한문학세계』에 「위로」라는 시로, 같은 해 『지필문학』에 「코이」라는 수필로 등단했다.

김기갑 시인의 첫 번째 시집인 『가끔은 별을 바라본다』는 아주 소중한 역사철학적인 성찰의 결과이며, 그의 사유가 서정적인 아름다움으로 꽃 피어난 시집이라고 할 수가 있다. "가을 햇살이 너무 좋고" "이것 하나만으로도/ 지구라는 별에 온 보람이 있다"(「가을 햇살」)라는 '행복론'은 '식물학자'도, '천문학자'도 '알 수 없다'(「안다는 것」)라는 반성과 성찰의 결과이며, 그 결과, 천둥과 번개와 사나운 비바람 속에서도 "나는 결백하다"(「자작나무」)라는 무한한 자긍심과 이 세상의 삶에 대한 옹호로 이어지기도 한다. 밤하늘의 별을 바라보고, 또, 바라본다는 것은 이 세상의 모든 인습과 그 굴레를 벗어나 자기 자신을 높이 높이 끌어올리며, 아름답고 행복한 삶을 살고 있다는 증거이기도 한 것이다.

이메일 : 9314011@hanmail.net